,고 있는 건
사랑일까요

혼자 해도 사랑이겠죠
둘이 해야 사랑인가요

금사빠 지음
김용현 그림

프롤로그

내가 하고 있는 건 사랑일까요

혼자 해도 사랑이겠죠
둘이 해야 사랑인가요

둘이 해야 사랑이라면
내가 하고 있는 건 뭘까요

사랑이란 게
언제부터 쌍방이어야 했나요

작가의 말

금방 사랑에 빠뜨리게 할 글을 쓰고 있는, 금사빠입니다. 금사빠라는 필명은 처음부터 써왔던 이름은 아닙니다. 주변 사람들이 언제인가부터 평소 저의 모습을 보고 금사빠라고 하더군요. 저는 내색은 안 했어도, 이 금사빠라는 단어가 마음에 들었습니다. 뭔가 나를 표현하는 단어 중에서는 가장 나를 잘 표현하는 단어라고 생각이 들었기 때문일까요. 그래서 필명으로도 쓰게 되었고, 작가 금사빠로서 책을 내고 싶었습니다.

시작은 중학생 때 우연히 '글그램'이라는 글쓰기 어플리케이션을 통해 제가 봐도 오글거리는 글을 하나둘씩 쓰면서 SNS에 공유하기도 하고, 사람들의 관심을 받으며 점차 글에 흥미를 갖게 되었죠.

여느 사랑처럼,
저는 우연히 글에 빠졌던 겁니다.

제 모든 글이 한 사람만을 담고 있는 건 아니지만, 그게 짝사랑의 형태든 뭐든 모두 저의 사랑이었고, 사람이었고, 추억이었고, 인연이었습니다. 철없던 저를 가까이서 봐주던 그 사람들에게 너무 고맙고, 미안하기도 합니다. 이 책을 읽는 모든 사람이 나를 떠나간 그 사람을, 지금 내 옆에 있어 주는 그 사람을 떠올리고, 여러 감정이 들었으면 합니다. 저의 글이 그렇게 여러분을 만들었다면, 저의 글은 비로소 완성될 테니까요.

저의 글을 책에 담아낼 수 있게 해주신 포레스트
웨일 출판사에 정말 감사드립니다.

차례

첫 번째 이야기_

무슨 마음일까요, 설렘일까요
설렘이 아니어도, 그대에게

두 번째 이야기_

이 감정, 사랑일까요
사랑이 아니어도, 그대에게

세 번째 이야기_

너무 힘들어, 이게 이별일까요
이별이 아니어도, 그대에게

외전_ 김용현 그림

너에게 하고 싶은 말
너에게 하고 싶던 말

뻔한 글

사랑 타령이나 할 것 같은
뻔한 글

안 봐도 오글거리는 멘트로 가득한
뻔한 내용

그런 뻔한 내용의 글이겠지만
뻔하다는 걸 알고 있는 당신들을
설레게 하는 게
내 일이고 목표라.

첫 번째

무슨 마음일까요

설렘일까요

설렘이 아니어도, 그대에게

듣기 좋은 이유

사랑한다는
괜한 말에도

안녕이라는
평범한 인사에도

이유는 오로지
그 말을 한 사람이 너라서.

레몬 같은 너

널 바라볼 때마다 문득 드는 생각이
너는 참 레몬 같다는 거야.

그 노란 껍질을 두른 너는
상큼하다 못해 너무 실 것 같은데

노란 껍질 속 네 알맹이는
상큼함 끝에 달콤함이 있거든.

센스

날씨가 너무 추운 듯하면
입고 있던 윗옷을 벗어 살포시 걸쳐주는 사람.

늦은 밤 네가 배고프다고 하기도 전에
네가 좋아하는 배달 음식을 바로 주문하는 사람.

피곤한 듯 꾸벅꾸벅 졸아대고 있으면
살며시 어깨를 내어주는 사람.

여러분의 삶은 어떠신가요?

삶은 달걀 같아요
목이 막혀서 말이죠.

그래서 찾고 있어요
꽉 막힌 내 목 좀 축여줄 사이다 같은 사람을요.

달

괜스레 보고 싶은 밤하늘에
달은 아직 맺지 않았고

무심코 바라본 밤하늘에
달은 못다 핀 채로 내 눈을 채웠고

이제는 볼 수 있을까,
바라본 밤하늘에는
달이 구름에 가려져
그 자태를 볼 수 없었지만

너는 존재만으로도
나를 충분히 비춰주었어.

네 존재만으로도
내 삶은 충분히 빛이 나

과태료는 너 하나면 충분해

내가 너를 처음으로 좋아하게 되던 순간
내가 너에게 처음으로 설레었던 그 순간
내 마음에 네가 처음으로 진입해오던 그 순간

이런 일은 처음이라
어쩔 줄을 모르던 순간들이

마치, 일방통행이던 내 나날들에
너라는 차 하나가
처음으로 역주행해오는 순간 같았어.

그날

너를 처음 마주친 그날을 잊지 못해
아직도 여운이 가시질 않는다.

너라는 존재를 처음 인식한 날,
알 수 없는 감정에 두근거렸던 날,
시간이라도 멈춘 듯 참 오래도
서로를 마주 본 날,
그렇게 내가 사랑에 빠져버린 날.

아직도 나는 그날을 잊지 못해
아직도 나는 그날에 살고 있다.

아, 또 생각났다

글을 써내는 빈도수가 잦아졌다.

정확히 말하자면
글을 써내는 속도가 빨라졌달까.

이렇게 써낸 글은
하나같이 죄다 네 얘기를 하고 있다.

아무래도 너를 생각하면

나는 할 말이 많나 보다.

그렇게, 글 하나를 더 써냈다.

사계 내내 너겠지

이제 곧 가을이 다가와
네가 우수수 떨어지겠지.

그다음으로는 겨울이 다가와
네가 수북이 쌓이겠지.

겨울 추위 다 가고 봄이 다가와
네가 따스히 피어나겠지.

분홍빛 바람 다 불고 여름이 다가와

네가 뜨겁게 내리쬐겠지.

첫 번째. 설렘이 아니어도, 그대에게

너라는 봄날

너라는 꽃이 피어
새하얀 마음 위에
분홍빛 바람 불어
따스하게 물든 날.

생각

요즘엔 생각이 부쩍 많아졌다.
이런저런 잡다한 생각이든 뭐든
생각이 많아진 요즘이다.

그 많은 생각 중에서
너는 한 번도 빠짐없이 생각난다.

첫 번째. 설렘이 아니어도, 그대에게

이 생각 저 생각이 많이 나서
머리가 복잡해지는 와중에도
네 생각을 할 때만큼은
내 기분이 좋아져

생각이 많아진 게
그리 나쁘지는 않은 것 같네.

아니, 좋아
네 생각을 하는 거

아니, 좋아
네가

매력

한결 더 성숙해진 듯한 모습에
한 번 더 너에게 빠져드는 나.

뭐해

뭐 하나 묻고픈데
뭐 하냐 이따 밤엔
뭐 할 거 없으면
나랑 데이트나 할래?

이상형

예쁜데 귀엽고
귀여운 게 예쁜 사람.
너.

〜〜〜〜〜

여백의 미

〜〜〜〜〜

내가 하고 있는 건 사랑일까요

아름답다

아무것도 없는 너도,

아무것도 칠하지 않은 너도.

공식

만약 사랑이 공식으로 이루어져 있다면
나는 공부하고 또 공부해서
완벽하게 풀어낼 거야.

너에게 정답만인 사랑을 해줄 거야.

너여서

세상에 여자는 많다지만
너는 너 하나뿐인걸.

아무리 다른 여자들
매력이 차고 넘쳐도

내가 죽어도 너를 포기 못 하는 건
그게 너여서인걸.

Phone 1

요즘 시대가 시대라지만
온종일 핸드폰만 붙들고 있을 수는 없는 건데

그걸 잘 아는데
뜸한 네 연락에
혼자 마음 졸여.

Phone 2

뜸한 네 연락에
혼자 마음 졸이며
온종일 핸드폰만 붙들고 있는 사람

여기 있네
지금도 그러고 있네.

나, 참 바보 같지

오늘은 진짜 기분이 좋지 않아서
그래서 유난히 네가 더 보고 싶은데,

바쁘다는 너를 방해하고 싶지 않아서,
연락도 못 해보고 내 속만 썩이는 날이야.

의미

반복되는 지루한 삶 속에서
유의미한 것 하나를 찾는다면
그건 바로 네가 아닐까.

전부

사랑이 결코 전부는 아니랬다.

그걸 알면서도
나는 무언가에 홀린 것 같이

내 전부인 듯 널 사랑했다.

쳐다보게 돼,
너무 예쁜 네가 보고 싶어서

요즘엔 너와 눈을 많이 마주쳐.

예전엔 네 눈치를 많이 보며
널 쳐다보는 것조차도 버거웠는데

요즘엔 너와 눈을 많이 마주치려고 노력해.

계속 보다 보니까
넌 역시 너무 예쁘고,
난 역시 네가 너무 좋아서.

미녀는 석류를 좋아해

그럼 내가 석류가 되면
나 좋아해 주는 건가.

내가 하고 있는 건 사랑일까요

너에게 유일한

너를 사랑하는 사람이
오직 나뿐이면 좋겠어.

너를 바라보는 사람이
오직 나뿐이면 좋겠어.

너와 함께하는 사람이
오직 나뿐이면 좋겠어.

나는 너에게
유일한 사람이었으면 좋겠어.

나는 너에게
유일한 사랑이었으면 좋겠어

친구 사이

난 너와 친구 사이인 게 좋다.
연인 사이의 이별보다는
친구와의 이별이 덜 슬플 테니까.

넌 별다른 의미 없었는데 말이야

자꾸 생각하게 돼.

네가 나에게 했던 행동들이
무슨 의미인지.

네가 나에게 했던 말들이
무슨 의미인지.

웃는 모습

평소 웃는 네 모습 뒤
네 힘듦과 슬픔, 외로움까지도
내 눈에는 다 보여.

아무 말 하지 않아도 돼
내가 안아줄게.

안겨서 실컷, 실컷 울어.
내 앞에서는 그래도 돼.

애써 웃어 보일 필요 없어.
실컷, 실컷 울어.

네가 괜찮은 척해도
아니라는 걸 잘 알아.
힘들다는 걸 잘 알아.
슬프다는 걸 잘 알아.
외롭다는 걸 잘 알아.

그러니 그냥 내게 안겨 실컷, 실컷 울어.

와중에도 또 네 생각

매일 아침 일찍 일어나서부터
네 생각을 해.

또 자기 생각하냐고 너는 그러지만
조금이라도 더
너를 생각하고 싶어서 말이야.

쉬운 것

누구나 할 수 있는 일이
쉬운 일은 아니에요.

우리 마음가짐에 따라
남들에게는 쉬운 일이
우리에게는 어려운 일이 될 수도 있으니까요.

그래서 저는요
누구나 한다는 그 사랑이
가장 어려운 것 같아요.

사랑,

누구나 할 수 있는 거라면

이렇게 간절하지도 않았겠죠

쉬운데 어려운 것

고전하기는 쉽고
도전하기는 어렵고

보기에는 쉽고
포기하기는 어렵고

성질내기는 쉽고
성공하기는 어려운 게

그런 게 바로 사랑이 아닐까.

N행시(바보)

바라만 보는 거에도 난 만족하지만

보기만 하는 게 전부라서 아쉬워,
나, 너만을 바라보는 바보라서.

너는 나만의 사람이면 좋겠는데

너는 저마다의 친구이며
너는 저마다의 의미겠지만,

너는 나만의 사람이며
너는 나만의 사랑이기도 하니,

네가 저마다의 친구이고
네가 저마다의 의미인 게,

너무 신경이 쓰여,

솔직히 질투 나고 불안해서

마음 안 졸일 수가 없어.

낯설다 너, 낯설다 나

지금껏 그런 적 한 번도 없다가
요새 자꾸만 낯설게 느껴지는 너.

나도 모르게 너에게 관심이 가고
계속해서 눈길을 주는 나도
참 낯설다.

어쩌면, 널 좋아하게 된 걸까

그러게

나도 별 생각 안 하는 것 같은데
자꾸 너 쳐다보게 되네.
자꾸만 막 보고 싶어지네.

그러네,
별 생각 아니어도 결국엔 네 생각이고
막 보고 싶어서 결국엔 널 계속 찾게 되네

첫 번째. 설렘이 아니어도, 그대에게

꽃

세상에 못다 핀 꽃은 있어도
모자란 꽃은 없거든.
그 꽃은 정말 예쁘고 말이야.

알겠니?
내 꽃아

너를 앓고 있어

너를 만난 이후
너를 앓는 중이야.

절대 나을 수 없는
절대 낫기가 싫은
너를.

먼저 다가갈게

사람 가는 데에 순서 없다잖아.
나 먼저 갈게.

너에게
내가 먼저 다가갈게.

L O V E

누구나 겪을 수 있어도
아무나 쉽게 할 수 없는 거.

일방적이긴 쉬워도
쌍방이기는 어려운.

비 오는 날 1

나는 비 오는 날이
가장 싫더라.

혹여나 네가 또 추위에 떨며
비를 맞고 있는 건 아닌가,
항상 걱정되거든.

비 오는 날 2

그러니까 사람 걱정하게 하지 말고
항상 내 옆에 딱 붙어있어.
어디 가지 말고.

내가
네 우산이 되어줄 테니까

여사친

친구였다.
오랜 친구였다.
그런데 어느샌가
네가 여자로 느껴졌다.

노력해, 널 위해

나는 너에게 소중한 사람보다는
네 얘기를 들어줄 수 있는 사람이면 더 좋겠기에.

나는 너에게 유일한 사람보다는
네가 편하게 기댈 수 있는
믿을 만한 사람이면 더 좋겠기에.

쓸모있는 망함

우리 사이, 친구 사이.
참 친했었고,
참 재밌었는데.
이제는 망해버린 친구 사이.

근데 우리 사이,
잘 망했다. 연인으로.

두 번째

이 감정

사랑일까요

사랑이 아니어도, 그대에게

너를 사랑한다는 건 1

네가 사람에 치여 지쳐있을 때,
네가 심오한 걱정에 곤란해할 때,
네가 큰 슬픔에 빠져 우울해할 때,

힘들어하는 너를
아무 말 없이 안아줄 수 있다는 것.

너를 사랑한다는 건 2

아파하고 있는 너를 안아주며
같이 아파해주는 것.

그리곤 내 사랑으로
너를 더 보듬어주는 것.

손

힘들게 마주 잡은 이 손
끝까지 놓지 않을 거야.
그러니 너도 내 손 놓지 마.

널, 잃고 싶지 않아

네가 날

너의 그 손짓 하나가
너의 그 말 한마디가
너의 그 환한 미소가
항상 날 설레게 만들어.

그냥 쓰는 거야

때론 아무 생각 없이
때론 감정에 휩쓸려서
때론 네가 생각나서.

해바라기

꼭 그렇게
다 가져가야만
속이 후련했냐?

그래.

꼭 이렇게
널 다 가져야
속이 후련했다.

제목

어느 한 작품의 제목을 사랑으로 정하고
그 내용은 너로 하기로 했다.

리시안셔스

변치 않는 사랑이라는 꽃말을 싫어해.

어떻게 사랑이 변하지 않을 수 있니?

사랑은 시간이 가면 갈수록
그 사람의 매력에 깊이 빠져
깊어갈 수밖에 없는 게 사랑이야.

수업 시간에 안 자고 있어

요즘엔 수업 시간에 안 자고
열심히 필기하고 있어.

오늘은 교과서 142쪽에
범죄와 형벌에 대해서.

교과서 옆에 나는 자그마한 노트 하나 펼치고
열심히 너를 적고 있어.

그럼 너는 이렇게 묻겠지.
"공부한다면서 왜 딴짓하고 있어?"

나는 공부한다고 한 적은 없어.

자거나 공부할 그럴 시간에
조금이라도 너를 더 써 내리고 싶어서

너를 쓰지 않는, 너를 생각하고 있지 않은
그런 시간은 너무 아까워서.

조금이라도 너를 더 생각하고 싶어서

너를 담은 책

많은 사람이 읽을 책인데
이 책의 글들은 온통 너를 담고 있다.

얼마나 너를 좋아하면 그럴까,
얼마나 너를 사랑하면 그럴까,
얼마나 너를 그리워하면 그럴까.

이 와중에도 너를 생각하며
글 하나를 더 적어내고 있다.

이렇게 된 거,

남은 페이지도

전부 너로 채워 넣어야겠다.

나 인성 문제 있어

나는 개인주의야

나는 인성 문제 있어서

네가 나를 어떻게 생각하든,

나는 너를 사랑하고 또 좋아할 거야.

기분 좋은 이유

온종일 네 예쁜 얼굴 봐서,

온종일 네 목소리 들어서,

온종일 네 생각만 해서,

온종일 네 옆에 있어서,

온종일 너여서.

너여서

애기

애기야, 내가 너 항상 아껴.

좀 툴툴대지마는 그래도 그런 네가 참 좋고,

내게 힘든 상황이 들이닥쳐도
믿고 의지할 수 있는 우리 애기가 있어서
내 마음이 편해.

그러니 어디 가지 말고
꼭 내 곁에만 붙어있어.
알았지 애기야?

애기는 사랑으로 돌봐야지
그러니 사랑해 애기야

이렇게 저렇게 너를 좋아해

생각이 없는 너를 좋아해.
넋 놓고 있는 모습마저도 예뻐 너는.

키가 좀 작은 너를 좋아해.
너는 싫다지만 넌 그것도 매력이야.

엉뚱한 행동을 하는 너를 좋아해.
네 행동 하나하나가 참 귀엽거든.

여기 내 옆에 있는 너를 좋아해.
네가 내 사람이라서.

지금은 귀엽고

그때는
너의 찌푸린 미간조차도
나에게는 사랑스러웠었지.

에세이

이게 참 의아하다.
공감되는 글을 쓴답시고,
위로되는 글을 쓴답시고,
온통 네 얘기뿐이니.

세상에서 가장 예쁜 두 글자

너도나도 시도 때도 없이 네 이름을 불러.
너는 네 이름이 좋아서라지만
나는 네가 좋아서.

공책

너는 그대로만 있어 다오
너를 빈틈없이 써 내려가
너로 모든 장을 채울 테니.

사랑은 움직이는 거야

네 마음속에서
더 깊은 곳으로.

연애가 아니라, 난 네가 좋다

너와의 연애가 좋아서라기보다는
네가 좋아서 너와 연애하는 거야,

너의 무언가가 좋아서라기보다는
네가 좋아서 너의 모든 것이 좋은 것처럼.

분명한 건 서로를 사랑한다는 거야

네가 나인지
내가 너인지
가끔 헷갈려.

너하고 내가
내가 너하고

여기를 가던

저기를 가던

우리는 항상

함께라 그래.

이래도 저래도 예쁘다 넌

사람들 어깨너머로 너를 바라보았다.
예쁘다 넌.

사람 얼굴 겨우 보일 저만치에서 너를 바라보았다.
그래도 예쁘다 넌.

눈을 감고서도 너를 바라보았다.
역시 예쁘다 넌.

어떻게 봐도

참 예쁘다 넌.

주차금지

내 마음에 너 말고 다른 사람들은
모두 주차금지.

여기, 너만을 위한 자리니까.

그러니까 항상 내 옆에 있어줘

네가 마스크를 쓸 때면
네 얼굴엔 귀여움이 더 돋보이고,

네가 마스크를 벗을 때면
네 얼굴엔 예쁨이 더 돋보이는데,

마스크를 쓴 귀여운 너든
마스크를 벗은 예쁜 너든

어느 때든지 나는

어느 때든지 너를

항상 좋아해, 많이.

내가 하고 있는 건 사랑일까요

N행시(우리)

우리 여태껏 함께 해왔잖아.

리(이)따금 찾아올 온갖 힘든 일들도
우리 함께 이겨나가자.

그런 네가 정말 좋아

항상 나를 바라봐주는 네가 좋아.

내가 웃기 시작하면
함께 웃어주는 네가 좋아,

내가 울기 시작하면
함께 울어주는 네가 좋아.

내가 힘들어하면
아무 말 없이 날 안아주는 네가 좋아.

나 항상 공감해주고
위로해주는 네가 정말 좋아.

온통 너야 나는

한 번, 두 번, 세 번...
아무리 세어봐도
내 순간이 너였던 적을
다 셀 수는 없을걸.

그만큼, 내 순간은 온통 너였으니까.

너로 물든 세상

일단은 먼저 한 걸음 다가서서
너를 내 가슴팍에 두고 말할래.
이 세상 너를 가장 사랑한다고,
내 세상 모두 너로 물들었다고.

VAR

더 자세히 볼 필요가 어딨어요.
대충 봐도 이렇게 예쁜데.

패스

간혹 이상한 곳으로 굴러가지만

그녀의 남자로서

그것까지 다 받아내야 하는 거 아니겠어요?

이기적이던 너

항상 이기적이던 너
그런 너를 사랑하는 나도
결국엔 이기적이었던 걸까.

너를 평생 사랑만 하고 싶지
무슨 일 있어도 포기하고 싶지 않거든.

이기적일게

너를

사랑만 할게

모든 것들이

평소였다면
눈에도 두지 않던 길고양이가
그렇게도 귀여울 수 없었다.

평소였다면
듣고 싶지 않았던 발라드가
그렇게도 듣고 싶을 수 없었다.

너와 함께라면
모든 것들이 좋을 수밖에 없었다.

이제는 고양이도
발라드도 다 좋아요
내 모든 것들이
그 사람에 의해
그 사람 덕분에
이렇게 좋은 것들로만 채워졌어요

소중한 사람

난 그저 그런 사람.
못나면 못났고
잘나면 잘난 그런 사람.

난 너에게 어떨지 몰라도
넌 나에게 너무나 소중한 사람.

넌 그저 그런 사람일 수도
못나면 못난 사람일 수도
잘나면 잘난 사람일 수도 있지만
네가 어떤 사람이든
넌 나에게 너무나 소중한 사람
내가 좋아하는 사람

$28\sqrt{e}$

배우고 배워도
많이 보고 많이 봐도
해보고 해봐도
되새기고 되새겨도
연애와 수학은 항상 어렵던걸.

부럽고 부럽다.
연애, 수학 고수들.

그간 널 위해

무엇 때문에 우는 것이냐 물어보면
그건 너 때문에.

무엇 때문에 웃는 것이냐 물어보면
그건 네 덕분에.

무엇 때문에 앓는 것이냐 물어보면
그건 네 걱정에.

그저 그 모습이

나는 그저,
아무것도 칠하지 않은 네 얼굴이 좋다.

아무것도 바르지 않았어도 새빨간 네 입술이,
아무것도 그리지 않아 작아 보이는 네 눈이,
그저 그 모습이 예뻐서.

나는 그저, 아무것도 하지 않은 네 모습이 좋다.

아무것도 하지 않고 있어도 너는,
아무것도 모르고 있어도 너는,
그저 그 모습이 귀여워서.

나는 그저, 네가 좋아서
너의 모든 것들이 좋다.

사랑스러운 모습

다른 남자들은 자기 여자친구가 무얼 먹을 때
가장 사랑스럽다고들 하는데

애기야, 넌 아니야.

그렇게 먹어놓고도
계속 배고프다고 말하는 그때가
넌 가장 사랑스러운걸.

필연

연인.

서로를 좋아하고, 사랑하고, 믿어주는 사이.
때로는 서로에게 화나고, 싸우고, 미워도
떼려야 뗄 수 없는 질기고도 질긴

인연.

자세히 안 봐도 예쁘다,
자세히 보면 더 예쁘고

무언가를 반복해서 보면 질리기 마련이라는데
그거 다 개소리야.
네 얼굴은 보고 또 봐도 안 질려.
오히려 더 많은 네 매력이 보이고 또 보이는걸.

자세히 보면 예쁜 사람
자세히 보지 않아도 예쁜 사람
너

이 글, 너를 생각하고 있다는 증거

질투.
유치한 감정일 수도 있지만
너를 사랑하고 있다는 증거.

미소.
내가 아무리 힘들어도
네 얼굴 한 번 보면
기분이 좋아진다는 증거.

걱정.

너는 별거 아니라 말했지만

혹여나 그 일이 너를 힘들게 할까,

신경을 쓰지 않을 수 없다는 증거.

불변

이미 나는 네 색으로 물들었는데
이미 물든 네 색을 어떻게 빼겠니.

너를 쓴다는 건

이게 참, 글쓰기가 참 어렵다.
너를 써 내린다는 건 참 어려워.

분명 너를 수도 없이 생각하고
누구보다도 너를 사랑하지만
이런 내 마음을 다 써 내리기에
마땅한 표현들이 없기에
너를 써 내린다는 건
참 어렵다.

내가 항상 기다려요

또 내가 생각나면 불러줘요.
내가 설렐 수 있게.

또 내가 그리우면 불러줘요.
내가 안을 수 있게.

또 내가 보고 싶어지면 불러줘요.
당장 달려가서
그대 입술에 입 맞추게.

사실은 너를 싫어할 부분이 없어

너를 좋아해.
정말 사소한 인간적인 실수도,
못 다 끝낸 화장의 얼굴도,
스스럼없이 웃긴 표정을 짓는 것도,
모두 좋아해.

가장 너다운 모습을 내게만 보여주어
그만큼 나를 믿는다는 거니까,
더, 너를 너무 좋아해.

아침의 이유

보름달 떠오른 오밤이 말했어.
자기 전에 하는 생각은
일어나서까지 이어진다고.

그래서 무언가 기대하고 설레어 잠들면
그 생각이 이어져서 아침에도 얼른 일어나게 된
다고.

정말 그런 것 같아.

요즘을 하도 네 생각만을 해대서

자면서도 생각한 이런저런 모든 네 모습이

아침에 일어나서도 생각이 나.

옹알거리는 말투로 웃고 떠드는 네 얼굴이,

작은 몸집에서 나오는 따뜻한 네 온기가,

어떠한 향으로도 가려지지 않는 네 체취가,

모두 생각이 나

내가 아침부터 기분 좋은 이유야.

천벌 받을 남자

나는 반드시 천벌 받을 것입니다.
이 세상 남자들 모두 눈독 들이고
갖지 못한 그녀를
내가 가졌으니.

그리곤 그 천벌,
그녀의 사랑으로 달게 받으렵니다.

유치한 질문

유치한 걸까.
네 마음을 묻는 게.
네 사랑을 확인하는 게.

그럼 그냥 유치하다 치고
너에게 유치한 질문 하나 할게.

나 네가 너무 좋고

너무 사랑하는데

그래서 내 옆에 네가 항상 있으면 좋겠는데

너는 어때?

유치한 대답

유치할지 모르겠지만
좋아.
네가 너무 좋고
너를 너무 사랑해.

그래서 항상 네 옆에 있고 싶어.
내가 너의 모든 순간이고 싶어.
이게 내 대답이야.

혼자든 둘이든 네 생각을

혼자일 땐
조금이나마 더 네 생각으로
내 하루를 보내.

둘일 땐
너를 조금 더 행복하게 해줄 온갖 생각으로
너와 하루를 보내.

사랑은 변하는 거야

더 간절해지든
더 깊어지든
그 상대가 바뀌든.

내가 하고 있는 건 사랑일까요

어쩔 수 없이,
난 너를 많이 좋아해서

지나가던 토끼가 그러더라.

마음을 많이 줄수록
나중에 더 아파지는 법이라고.

참 맞는 말인데,
나중에 더 아플 걸 알면서도
계속 주게 돼.

내 마음을 시도 때도 없이 주고 싶고
흘러넘칠 만큼 많이 주고 싶어.

세 번째
너무 힘들어,
이게 이별일까요
이별이 아니어도, 그대에게

대답

좋아하냐는 너의 물음에
좋아한다고 말했다.

보고 싶냐는 너의 물음에
보고 싶다고 말했다.

사랑하냐는 너의 물음에
사랑한다고 말했다.

헤어지자는 너의 한마디에
나는 아무 말도 할 수 없었다.

얼마나 사랑했는데

사랑한다며
평생 함께할 거라며
그런데 왜
날 떠난 거야.

미친 듯이 사랑했는데
네가 떠나니
미친 듯이 슬퍼 오더라

체온

느낄 수 있었다.
너와 함께 있었을 땐.

적당히 따듯했던
네 몸의 온도를

연인 사이

나는 너와 연인 사이인 게 좋다.
친구와의 만남보다는
연인과의 만남이 더 좋을 테니까.

네가 그리운 밤

오늘도 네가 생각나서,
오늘은 유난히 더 그리워서,
잠 못 자고 설쳐대는 밤이야.

매일매일이 그리워
매일매일을 설쳐대

네가 없는 내가 이래

너 없는 하루도
이제는 익숙해져
익숙한 공허함만이
느껴질 뿐이야.

네가 없을 뿐인데

그냥 내 옆에 너 하나 없을 뿐인데
이 세상 모든 허무함과 우울함, 절망감을
내가 다 껴안고 살아가고 있는 기분.

진심 1

시간이 지나도 모르겠다.

네가 내게 진심인 적이 있었는지,
네가 나를 좋아하기는 했었는지,

이별을 말하는 게
그리 쉬운 거였는지.

진심 2

시간이 지나고서야 알게 됐다.

나는 네게 진심이었고,
그 진심으로 너를 좋아했었다는 것을.

그리 쉬워 보였던 이별이
내게는 어려웠다는 것을.

널 잊지 못했다

잊으면 잊는 대로,
잊지 못하면 잊지 못한 대로,
또 마음 쓰일 게 분명하니.

너를 담은 책

많은 사람이 읽을 책인데
이 책의 글들은 온통 너를 담고 있다.

작가가 얼마나 너를 좋아하면 그럴까,
얼마나 너를 사랑하면 그럴까,
얼마나 너를 그리워하면 그럴까.

이 와중에도 너를 생각하며
글 하나를 더 적어내고 있다.

이렇게 된 거,

남은 페이지도

전부 너로 채워 넣어야겠다.

내가 가장 잘하는 것

처음이었다. 모두 처음이었다.

누군가를 내 마음에 두고 사랑한다는 것도,
내가 좋아하는 글을 직접 쓴다는 것도,
평소에 갖고 싶던 카메라로 사진을 찍는다는 것도.

어쩌다 한 번씩은 잘 되었을지 몰라도
이 모든 게 처음이라 서툴렀던 것이 당연했다.

서투름에 실수하고 실패해도, 포기할 수는 없었다.
처음이어서 서툴고, 실수하고 실패해도

모두 내가 좋아하는 것들이니까.
모두 내가 하고 싶은 것들이니까.

덕분에 이른 아침 눈 뜨는 게 좋아지고
씻으며 거울에 비친 내 모습을 신경 쓰고

어떤 옷을 입어야 할지 매번 고민하고
만나기로 한 장소에 항상 먼저 가 있고

함께 길을 걸을 때면 쉴 틈 없이 설레이고
저녁 메뉴로는 네가 뭘 좋아할까 생각하고

집 바래다주는 길 헤어지는 게 아쉬워
10분이면 다 걸을 길을 30분이나 걸어댔고

집 바래다준 뒤 잘 들어갔냐는 핑계로
몇 시간을 연락하는 게 일상이었고

그때는 온통 너였는데

침대에 누워 잠자리에 들 때면
내일이 기대되는 게 하루하루였는데.

참 좋았는데, 그때는 그랬는데.

아이컨택

우리의 첫인사는 남들과는 조금 달랐다.
이른 아침, 눈도 채 다 떠지지 않은
뭔가에 홀린 듯한 눈빛으로

아무 말 않고 서로를 지긋이 바라본 게
그게 우리의 첫인사였다.

기분 1

사실 이별을 하게 되면
엄청 슬퍼질 줄 알았는데,
엄청 힘들 줄 알았는데,
그런 건 모르겠고
그냥 마음 한구석에 구멍이 난 기분이랄까.

사실 내 기분이 어떤지
나도 잘 모르겠어.

난 괜찮은 걸까.

기분 2

나는 나마저도 속이는 거냐.
나도 내 기분이 어떤지 잘 모르겠다면서
시간 좀 지나고 났더니
뭔데 이렇게 슬픈 건데.
뭔데 이렇게 힘든 건데.

그리워
힘들어
네가 너무
보고 싶어

나도 몰랐던 내 진심

몰랐어, 그때 내 마음.
그때 난 울지도 않았고
슬프지도 않았거든.

근데 자꾸만 마음이 허하고
네가 한 말들이
자꾸만 머릿속에 맴도는 게
나는 너를 잊지 못했나 봐.

너를 아직 잊지 못해서
나, 너무 힘들어.

네가 없는 나는 잘살 줄만 알았는데
그게 아닌가 봐.

네가 없는 난
너무 힘들어.

잘 살아갈 수 있을까.

너를 비워내는 중

오늘도 내일도 너를 좀 무시할게.
우리 끝난 이후로 너를 볼 때마다면
너는 여전히 예뻐 보이는 게
나도 모르게 미소가 드리웠고,

나보다 훨씬 더 괜찮아 보이는 게
괜히 화도 나고 짜증도 났어.

이렇게 너를 볼 때마다 드는
좋은 감정이든 나쁜 감정이든

더 이상 너에게 마음 쓰는 건
내가 너무 힘들어서
오늘도 내일도 너를 좀 무시할게.

너를 내게서 비워내 볼게.

그러게 아직 미련 남았네

그렇게 아직 널 못 잊어서
이렇게 아직 난 아파해.

팔베개

내 팔을 베개 삼아
잠들려고 엎드렸는데
내 팔이 새삼 부드럽더라.

그때 그날, 핫팩인 양 따뜻했던 네 왼팔처럼.

새삼 따뜻하고 부드러운 내 팔 베니
네 생각이 나더라.

어떻게 해도, 네 생각이 나

이번 생은 처음이라

드라마를 보다가
아무리 슬픈 장면이어도
울기는 왜 우는지
도무지 이해가 안 됐다.

아무리 공감을 잘하는 사람이고 감성적이어도
울지는 않을 것 같은데.

이런, 그런데 내가 그럴 줄이야.

분명 내 일이 아닌데,
분명 내 상황 아닌데,

분명하게 내 마음을 찌르고,
선명하게 눈물 자국을 남겨.

그렇게 모든 걸 잃은 듯이
분명히도 아파하고, 슬퍼했다.

드라마 한 편을 보면서
나는 분명, 너를 그리워했다.

진심을 주고받을 사람

있다고 믿었다.
있다고 믿고 싶었다.

그 사람이
매정하게 날 버릴 거라곤 생각도 못 한 채로.

지나가던 토끼가 한 말이 다 맞았다

그 사람에게 마음을 너무 많이 내어주어서
남는 마음이라곤
상처밖에 없었다

아팠다
너무

그 사람도 그랬으면 좋겠어요

싫은 사람과도 잘 지낼 수 있어요.
나를 떠난 게 정말 싫지만
나는 아직 그 사람 좋아하거든요.

잘 지낼 수 있어요.
잘 지내고 싶어요.

그 사람도 아직 나를 좋아한다면
그 사람도 나를 매번 생각한다면

네가 없는, 비관적인 삶은

네가 없는데,
인생을 어둡게만 보고
슬퍼하며 절망스러운 건 당연한 거지.

네가 없는데,
앞으로의 일이 잘 안될 거라고 보는 게
당연한 거지.

오늘도 네 생각이 났어

오늘도 무심코 네 이름을 중얼거렸어.

결국 너는 꽃 같은 사람

결국에 너는 꽃이었다.
결국에 너는 시들었다.

너도 네 사랑도 꽃이었다

그렇기에
너도
네 사랑도
결국엔 시들었다

세 번째. 설렘이 아니어도, 그대에게

마음을 주는 것에 대하여

내가 잘한 만큼 상대방도 잘 대해줬다면
내가 이리도 상처받을 일 없었겠죠.

이해

너라고 내가 다 이해해줄 수 있는 건 아니야.

나에 대한 사랑이 식었다는데
어떻게 이해하겠어.

고질병

고질병 - 오래되어 바로잡기 어려운 나쁜 버릇.

그렇게 오랜 시간 함께해왔는데
그렇게 항상 사랑해왔는데
네 생각을 하는걸
어떻게 고치라는 거야.

그리워하는 이유 : 시치미

그냥 네가 생각나서
그냥 그러기로 했어.
딱히 널 못 잊어서 그러는 건 아니구
그냥 그러고 싶었어.

그리워하는 이유 : 사실은

너한테 못 해준 게 너무 많아서,
그래서 그게 미안하고,
아직도 네가 좋으니까.

자꾸 네가 생각나고
자꾸 네가 보고 싶어서.

자꾸 시치미 떼려 해도
사실은 네가 너무 그리워

내성

약을 매번 복용하게 되면 내성이 생긴다던데
어떻게 이별은 겪어도 겪어도 매번 힘든 거냐.

이제는 좀 아무렇지 않게 이별하고 싶다.

내가 그 사람 없다고 힘들지 않을 이별을.
내가 그 사람 없다고 아프지 않을 이별을.
그런 이별을 하고 싶다.

나는 말이야,
네 생각보다 더 하거든

저기 나는 말이야, 네 생각만큼 강하지 않아서
모진 말에 상처받고, 헤어짐에 슬퍼해.

저기 나는 말이야, 네 생각만큼 괜찮지 않아서
따스한 위로가 필요하고, 편히 기댈 어깨가 필요해.

저기 나는 말이야, 네 생각만큼의 사람이 못 돼서
네 생각보다 더 네가 필요해.

이별

네가 내 옆에 있는 게 당연한 줄로만 알았는데
네가 떠나고 나서야 알게 되더라.
네가, 얼마나 소중했는지.
내가, 얼마나 사랑했는지.

전지적 내 시점

네 상황이 어떻든 아무렇지 않게
나보다는 잘살고 있는 거 같아서.

정적

'너는 복화술을 할 줄 아는 것 같다
너의 입술은 어떤 떨림도 없었지만
나는 가장 잔인한 대답을 들었다.'
- 책 '좋아한다고 했더니 미안하다고 말했다' 중 '정적'

너는 마법을 부릴 줄 아는 것 같다.
너의 문장은 어떠한 지시도 없었지만
나는 말 한마디 하지 못하고
슬피 울기만을 반복하였다.

이기적인

설렘도, 사랑도, 미움도, 슬픔도
고맙다는 말도, 미안하다는 말도
모두 내가 했다.

기어코 네 입에서 나온
헤어지자는 말만 빼고

상처

지난 모든 상처들은 아물었다.
어떤 것은 요란하게,
어떤 것은 낌새도 없이,
어떤 것은 티도 나지 않게,
모두 아물었다.

그래서 새로 생긴 상처도 잘 아물 줄로만 알았다.
또 요란하거나,
또 아무 낌새도 없이,
또 티 나지 않게.

그런데 이번 상처는 꽤나 깊게 난 것 같다.
아직도 이렇게나 아픈 거 보면
자연스레 아물진 않을 것 같아.

결국 꿰매내야 할 것 같은데
몇 바늘이나 꿰매야 할지 몰라
너무 두렵다.

꿰매야 할 상처가 또 아플까 봐.
상처를 꿰매내면 더 아플까 봐.

그때로

그때로 돌아가자는 게
말도 안 되는 걸 아는데,
그걸 알면서도
매일매일을 염원해왔어.

우리 다시 그때처럼 살아가자,
우리 다시 그때로 돌아가자.

그때처럼만 우리 사랑하자.

눈물

참다가 참다가
결국엔 흘러내렸어.
흘러내린 눈물 자국만큼
너를 그리워했어.

에어팟

어느새 한 쪽 귀에만 끼고 있게 돼.
그때는 너 한쪽 나 한쪽
나눠 끼려고 했던 것뿐이었지만
이제는 그냥 습관이 되어버려서.

이별을

이별을 마주한 채
그 상황을 납득하는 사람.

자신이 무엇을 잘못한 건지
잘 알고 있는 사람이거나,
그 사람을 더 이상 사랑하지 않아
이별이 오기만을 기다렸던 사람.

이별을 마주한 채
그 상황을 납득하지 못하는 사람.

자신이 무엇을 잘못한 건지도 모르고
부정하는 한심한 사람이거나,
이별이 다가올 때까지도
그 사람을 너무나도 사랑한 사람.

감수

이별이라는 단어가 존재한다는 것 자체부터가
사랑은 아플 수밖에 없더라.

그걸 감수하며 사랑을 해야 한다는 것 자체부터가
불안하고 마음 놓고 살 수가 없더라.

How

그 사람이며

그 사람에 관한 것 모두 잊고 살라는데,

아침에 점심에 밥을 먹다가도

정신 차리고 글을 쓰다가도

당장에 내 눈앞에 휴대폰에도

여기저기 네가 있는데 어떻게 잊고 살라고.

너 없이 어떻게 살라고.

어떻게 잊고 살아

널 잊으려면 내 일상을 도려내야 하는데

수만 번 너를 떠올렸어

네가 보고 싶어 수십 번 네 생각을 하고
우리 같이 찍은 사진을 수백 번 바라보았어.
그리곤 수천 번 너를 그리워했어.

용서

용서는
다시 볼 사람에게나
하는 것이라고 한다.

그래서
이제라도 네가 나에게
용서를 빌었으면 한다.

그동안

너를 용서치 못하면서도

너를 그리워했기 때문에.

수없이

네가, 네가, 네가

다시 보고 싶었기 때문에.

나는 이제,

아니, 나는 항상 너를 용서하려고 했다

소중한 기억

"잠깐 눈 감아 봐."
괜히 설레게 만들었던 한 마디도

부모님 몰래 네게 몰래 선물을 건네주다가
부모님께 혼났던 일도

내가 원한다고 말하자
다음날 똥머리를 하고 왔던 것도

비 내리는 어느 날에
우산도 없이 혼자 비 맞으며 날 기다렸던 날도

모두 소중한 기억들로 간직하고 있어.
이제는 너와 그럴 일이 없어서 더.

그 소중한 기억들 곱씹으며
언제나처럼 난 널 그리워하고 있어.

어린 사랑

운명이 아니었다고 하지 뭐.
그렇게 깊은 사이가 아니었다고 하지 뭐.

너는 나를
나는 그런 너를
서로 좋아하지 않았다고 하지 뭐.

내 진심 어린 사랑이
그냥 어리게만 보였던 거지 뭐.

연락

사실, 뭐라 하며 연락해야 할지 모르겠다.
뭐라고 해도 어색할 것 같고
잘 지냈냐고 물어보는 건 식상하고
그렇다고 난 잘 지냈다고 하기엔
내가 잘 지내고 있는 게 맞는가 싶고.

분명한 건, 나는 너를 잊은 적이 없다는 건데
그걸 말할 수도 없고. 참.

외전

이유

네가 너무 좋았고
네가 아니면 안 됐어.

단순한 이유처럼 보일지 몰라도

그게, 오랜 시간 느껴온
내 사랑의 이유였어.

널 사랑한 이유,
너라서

사 랑 해..

화장

기분 나쁘게 들릴 말도
화장품으로 꾸미면
예쁘게 들릴 텐데.

달의 위로

고개 숙여 살아가는 우리 머리 위로
깊은 밤에 뜬 보름달의 쓸쓸한 위로.

이어폰

너에게 이어폰을 꽂고
나만 네 목소리를 들을래.

마지막 줄까지 사랑해

첫 줄에는 일단
너를 사랑한다고 쓸게.

그리고서 그다음 줄에는
너를 더 사랑한다고 쓸 거고

또 그다음 줄에는
너를 엄청 사랑한다고 쓸 거야.

너를 사랑해

진짜 사랑해

엄청 사랑해

너를 진짜 엄청 사랑해

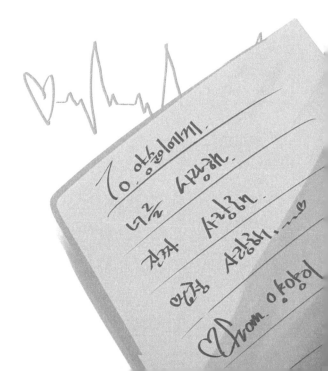

거래 1

천사와 거래했다.

그동안의 내 고독 내어주고
내어주기 절대 싫은 사랑을 얻었다.

내가 있잖아

내 옆에서는 언제든지 울어도 돼.
너무 힘들었다며 슬피 울어도 돼.
오늘 정말 외로웠다며 울어도 돼.

그게 어떤 이유에서든
내 옆에서는 언제든지 펑펑 울어도 돼.

같이 울어주고, 너를 안아줄 내가 있으니
괜찮아. 울어도 돼.

조금씩 너를 좋아해

오늘은 예쁘게 웃는 네 미소까지만 좋아해.
실없는 네 실수와 아기자기한 네 손까지.

그 외에 모든 것들을 좋아해버리면
네게 흠뻑 취해 일상생활이 불가하거든.

거래 2

악마와 거래했다.

절대 내어주기 싫은 내 사랑
행복하길 빌어주고

그 대가로
이별의 아픔을 얻었다.

215

진심 3

시간이 지나서도
지나지 않아서도
너를 진심으로 사랑했었다는 것,

아직 너를 잊지 못했다는 게
내 진심이야.

217

외전

거래 3

신과 거래했다.

이별로 얻은 찢어지는 아픔 돌려주고
다시 내 사랑을 돌려받았다.

절대로, 다신 고독하지 않겠다는 조건으로
절대로, 다신 내어주지 않겠다는 조건으로
절대로, 다신 이별하지 않는다는 조건으로
절대로, 너만을 사랑하겠다는 조건으로

외전

시발점

짝사랑을 시작했을 때의 설렘은
떳떳한 사랑이 되었고,

사랑을 시작했을 때의 행복은
당연한 것이 되었고,

행복이 당연하다며 취해있던 나는
기어코 그 사람을 아프게 했고,

결국 그 사람과의 사랑은
이별이 되었다.

그리곤 그 이별이
앞으로 살아갈 내 삶을 아프게 할
시발점이 되었다.

어쩌면 너를 처음 본 순간부터
시작된 걸지도 모르겠다
사랑도
행복도
고통도

에필로그

너에게 하고 싶은 말
너에게 하고 싶던 말

너에게 하고 싶은 말이었어
말로서는 전할 용기가 없어

연필을 잡고 끄적대던 게
이렇게나 많아졌어

이 글들을 네가 볼지는 잘 모르겠지만
모두 너에게 하고 싶던 말이었어

때로는 말도 안 되는 망상에 빠지기도 해
말 몇 마디 섞고, 좀 같이 있으면
사랑이 될 거라 생각했어

때로는 불필요한 망상에 빠지기도 해
내 모든 행동의 끝이
이별로 이어질까 불안했어

말도 안 되게 우리가 이어져도
나, 항상 불안했어
또, 항상 성급했어

사랑이란 감정은 참 어려워
좋아하는 마음이 크면
다 잘할 수 있다고 생각했고

막상 상황들이 들이닥치면
항상 난 어쩔 줄을 몰라 했어

쓸데없는 망상이란 망상은 다 하면서
실제론 아무것도 하지 못해

그런 내가 참 원망스럽기도 했어

이런 일이 계속 반복되니까
이젠 그런 생각이 들더라

나 사랑 하고 싶은데

나도 사랑받고 싶은데

내가 사랑이란 걸 할 자격이 있을까?

난 자격이란 말이 참 싫어

자격 따위를 운운하며

누군가는 편히 살고

누군가는 불행하게 살아야 한다는 게 싫었거든

그럼에도 내가 자격을 운운할 정도로
사랑이란 걸 해도 되는 건지 모르겠어

이제는
더는 잘 모르겠다

너에게 하고 싶은 말이
이게 다는 아니었을 테고
이런 말을 하려고 했던 것도 아니었는데

내가 하고 있는 건 어쩌면 사랑이 아닐지도 몰라
내가 하고 있던 건 어쩌면 사랑이 아닐지도 몰라
그럼 내가 하고 있는 건
내가 하고 있던 건
도대체 뭘까

내가 하고 있는 건 사랑일까요

2022년 9월 12일 발행

지은이	금사빠
그림	김용현
디자인	포레스트 웨일
펴낸이	포레스트 웨일
펴낸곳	포레스트 웨일
출판등록	제2021 - 000014 호
주소	충남 아산시 아산로 103-17
전자우편	forestwhalepublish@naver.com

전자책 979-11-92473-20-8 (95810)
종이책 979-11-92473-21-5(03810)